古诗带你去探秘

美绘版 第二册

DOWEL创作中心 编著

华东师范大学出版社
·上海·

图书在版编目（CIP）数据

古诗带你去探秘：美绘版. 第二册 / DOWEL创作中心编著. -- 上海：华东师范大学出版社, 2019

ISBN 978-7-5675-9891-1

Ⅰ.①古... Ⅱ.①D... Ⅲ.①古典诗歌—诗集—中国

—儿童读物 Ⅳ.①I222.72

中国版本图书馆CIP数据核字(2019)第263503号

古诗带你去探秘（美绘版·第二册）

编　　著	DOWEL创作中心
插　　图	DOWEL创作中心
策　　划	DOWEL东幻教育科技有限公司
责任编辑	宣晓凤
责任校对	时东明
装帧设计	DOWEL创作中心
出版发行	华东师范大学出版社
社　　址	上海市中山北路3663号　邮编 200062
网　　址	www.ecnupress.com.cn
电　　话	021-60821666　行政传真 021-62572105
客服电话	021-62865537　门市(邮购)电话 021-62869887
地　　址	上海市中山北路3663号华东师范大学校内先锋路口
网　　店	http://hdsdcbs.tmall.com
印 刷 者	上海锦佳印刷有限公司
开　　本	889 毫米×1194 毫米　1/16
印　　张	6.25
字　　数	45千字
版　　次	2020年5月第1版
印　　次	2024年2月第7次
书　　号	ISBN 978-7-5675-9891-1
定　　价	40.00元
出 版 人	王　焰

前言

　　提起中国传统文化，古诗词大概是绕不开的，它是古人对当时生活以及自身情感表达的重要载体之一，也极有可能是孩子们最早接触到的传统文学形式。但是，要让学龄前的孩子去理解古诗的意境，很难；而如何记住这些古诗，也很难；于是，"DOWEL（东幻）创作中心"应运而生！

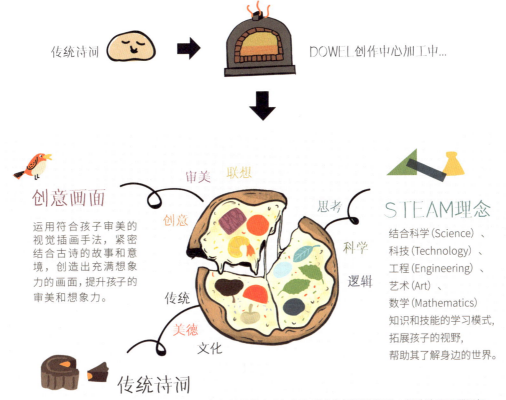

　　所以这套书给小朋友提供的是：

　　这套书跳脱传统思路，将古代诗词和现代STEAM理念相结合，用简单的语言、符合现代审美的画面，让孩子们直观生动地感受古代和现代生活的不同，同时还将两者合理融合在一起，让孩子们在了解科学发展过程的同时，也鼓励他们像历代诗人那样，对未知领域充满好奇和想象。

亲 爱 的 小 朋 友

你们是刚刚了解古诗还是已经在被要求背诵古诗?
有没有觉得背得小脑袋都疼了,还记不住呢?

别着急,这可不是因为你们不够努力、不够聪明。古诗里说的可都是很久很久
以前的事,用的词语也是我们平时听不到也不常见的"古文",很多别的小朋
友也和你们有一样的困扰,比如哎妞和沛沛。

爸爸妈妈们看到你们皱着小眉头,苦着脸的样子,也在犯愁:怎么样才能帮助
你们呢?看到你们捧着美美的绘本不肯放下,我们有了主意:
把古诗画给你们看,用你们喜欢的方式去探索一下难懂的古诗到底在说什么,
再加上有趣的STEAM小知识和游戏,这下背诵古诗就变得简单了!
还在等什么,和哎妞、沛沛一起来看古诗吧!

注:STEAM是结合科学(Science)、科技(Technology)、工程(Engineering)、艺术(Art)、
数学(Mathematics)知识和技能的学习模式。

目录

小儿垂钓

xiǎo ér chuí diào

táng hú lìng néng
唐·胡令能

péng tóu zhì zǐ xué chuí lún
蓬头稚子学垂纶，

cè zuò méi tái cǎo yìng shēn
侧坐莓苔草映身。

lù rén jiè wèn yáo zhāo shǒu
路人借问遥招手，

pà dé yú jīng bú yìng rén
怕得鱼惊不应人。

译文：一个头发散乱的小孩在学钓鱼，他侧身坐在长满青苔的岸边，草丛里映衬出他的身影。远处有人想来问路，小孩见了摆摆手，生怕惊动了鱼儿，所以没有回答路人。

diào

钓　钓　钓　钓

有好吃的！

你张牙舞爪的，是在挑衅我吗？

什么东西在闪闪发光?去看看！

鱼饵: 可以是蚯蚓、小虾、小鱼等鱼儿爱吃的食物，鱼儿看到就犯馋，很容易上钩。

鱼钩：钓大鱼用大鱼钩，钓小鱼用小鱼钩！

各种各样的假饵:闪闪的金属片、彩色的小鱼、鱼儿喜欢吃的苍蝇...

假饵

假饵是利用动态、声音、反光等因素来吸引鱼儿咬钩的用具。鱼咬假饵的原因是不同的,可能是出于条件反射式攻击、饥饿或者好奇等。

钓鱼工具大不同

以前的浮漂
以前的浮漂是芦苇做的!浮漂一动,就说明鱼儿可能上钩啦!

以前的鱼竿
是用竹子做的。

现在的鱼竿
竿身是用碳素材料做的,竿身上有很多可以穿钓鱼线的孔叫导环。鱼线有尼龙线、碳素线、PE 线等。

绕线轮
轮轴可以放出很长很长的线。

鱼线
古人用蚕丝、麻线或棉线做钓线,现代人用尼龙线,更加牢固。

浮漂
浮漂的自重越小,越容易浮起来,鱼触动后的感应也就越灵敏。

为什么还不上钩？

看谁比谁有耐心，哼！

钓鱼的装备

有一件物品不适合带去钓鱼，你能把它找出来吗？

抄网

胶靴

扩音喇叭

桶

灯

防晒帽

零食

側　坐　莓　苔　草　映　身
cè　zuò　méi　tái　cǎo　yìng　shēn

长长的野草遮住了钓鱼的小孩，你找得到他吗？

8

路人借问遥招手

远处有人打招呼！

10

你好！

水里的鱼怎么知道岸上有人来了呢？

鱼类依靠味觉能辨别食物的味道，它们也有敏锐的听觉和嗅觉。
鱼儿对周遭环境的变化非常敏感，一旦听到或闻到有"情况"，
会立即做出反应。所以如果你在河边大声说话，
鱼儿就会警惕起来，躲得离鱼饵远远的。

不好！

果然是个陷阱！

快撤！

有人来啦！

11

13

cūn jū
村居

qīng gāo dǐng
清·高鼎

cǎo zhǎng yīng fēi èr yuè tiān
草长莺飞二月天，

fú dī yáng liǔ zuì chūn yān
拂堤杨柳醉春烟。

ér tóng sàn xué guī lái zǎo
儿童散学归来早，

máng chèn dōng fēng fàng zhǐ yuān
忙趁东风放纸鸢。

译文：农历二月里青草生长繁茂，黄莺飞来飞去。风吹着柳枝拂拭着堤岸，像是陶醉在春天的雾气中。村里的孩子们放学回家后看时间还早，于是他们赶忙趁着东风放起了风筝。

zhǎng

长

长　长　长

cǎo zhǎng yīng fēi èr yuè tiān
草 长 莺 飞 二 月 天

已经二月了，我们快点长！快点长！

草长得好高啊，
我们玩躲猫猫吧。

16

儿童散学归来早

ér tóng sàn xué guī lái zǎo

古时候小朋友们上的学校和现在的可不一样，它们叫"私塾"，是一种私人办的学校。

在那里上学的学生年龄不限，大多在十二岁以下。私塾里的老师通常是知识很渊博的老先生，他会教小朋友认字写字，背诵文章。老先生通常都很严格，学生偷懒不好好学习的话是会被老师打小手的哟。

忙趁东风放纸鸢

máng chèn dōng fēng fàng zhǐ yuān

纸鸢指的就是风筝

　　风筝本身有重量，没有风的时候就算被高高抛起，也会被地球的引力拽回地面；有风的时候就不一样啦，风会给风筝一种向上的支撑力量，推着它越飞越高，这种力量被称为扬力，也叫升力。

我们风筝,
代表了对于美好生活的向往哟!

做一只风筝,
来放飞你的美好心愿吧!

　　相传最早的风筝是两千多年前的古代哲学家墨翟制作的,是用木片做成的一只木鸟。到了唐宋时期,风筝逐渐成为人们休闲娱乐的玩具,由于造纸术的发达,风筝改由纸糊,这也就是人们会叫它纸鸢的原因。鸢本意是指老鹰。

　　传统的中国风筝上常常出现带有吉祥寓意的文字和图案,如人物、走兽、花鸟、器物等,寄托了人们对幸福、长寿、喜庆等美好生活状态的向往。

| 棉线 | 画笔、水粉颜料 | 裁纸刀 | 竹篾 |

这两个步骤要请大人在旁边协助哟!

1. 竹篾上有很多倒刺,容易扎到手,要先用裁纸刀或砂纸打磨光滑。

2. 把竹篾弯曲后放在火上烤,会使其定型,不过最好在烤前把竹篾先用水沾湿,以防烤焦烤坏。

3. 竹篾烤好后,用棉线把风筝的骨架扎好,剪去多余的线头。

4. 扎骨架时,尽量让骨架的左右对称,这样风筝才会容易保持平衡。

5. 糊纸时,用骨架边缘的纸包裹住骨架,这样会粘得更牢固。

6. 待胶水干透后,用毛笔调和好水粉颜料,按自己的喜好在糊好的风筝上画图案。

和爸爸妈妈合作
一起做一只纸鸢吧!

设计一款属于你自己的风筝吧!

既然风筝可以寄托对美好事物的向往,
那么给你的风筝涂画上你所喜欢的图案和颜色吧,
可以是祝福的文字、动人的卡通形象、美丽的花朵、漂亮的衣服,
还有你喜欢的零食和玩具也可以喵。

zǎo fā bái dì chéng
早发白帝城

táng lǐ bái
唐·李白

zhāo cí bái dì cǎi yún jiān
朝辞白帝彩云间，
qiān lǐ jiāng líng yí rì huán
千里江陵一日还。
liǎng àn yuán shēng tí bú zhù
两岸猿声啼不住，
qīng zhōu yǐ guò wàn chóng shān
轻舟已过万重山。

译文：清晨我登船告别地势很高、似在云间的白帝城，江陵远在千里之外，我的船顺流而下却只需要一天时间就能到达。两岸猿儿啼叫的声音还在耳边不停地响起，而载着我的小船已经穿越了万座青山。

cí

辞　辞　辞　辞

辞：在这首诗里是"告别"的意思。

以前的人们在拜访完别人要离开的时候，
会对主人说：

"告辞了！"

就和现在我们说"再见"一样。

朝辞白帝彩云间
zhāo cí bái dì cǎi yún jiān

我们什么时候可以说告辞呢?

1. 去朋友家玩，道别的时候：

沛沛：**告辞了**，我会想你的！
啵妞：我也是！

2. 放学时和老师道别：

老师，**告辞了！**
我会好好写作业的。

3. 离开亲朋好友家时，和他们道别：

二叔，**告辞了！**
有空你们也去我家玩哟。

千里江陵一日还

告辞啦!

我马上要离开了，请你帮我找到一条路线，让我可以和所有的猿猴都道声再见吧!

告辞啦!

告辞啦!

告辞啦!

告辞啦!

是在叫我吗？
来啦来啦！

说的是猿
又不是猴子，
你听听清楚嘛！

猿猴、猩猩、猴子
傻傻分不清

↑
长臂猿

● 前肢很长，因此得名长臂猿；

● 没有尾巴；

● 喜欢不停地啼叫，叫声很凄厉。这首诗里面说的就是它；

● 擅长在树丛间腾跃。

没关系啦，
大家都是灵长目的，
一起玩嘛！

灵长目动物特征：

大脑发达，眼眶朝向前方；手和脚的指（趾）是
分开的，其中大拇指和大脚趾最为发达、灵活。

● 猩猩一族：有生活在亚洲的红毛猩猩和生活在非洲的大猩猩、黑猩猩三种；

● 可以短时间站立行走；

● 猩猩没有尾巴；

● 猩猩也属于猿类，与人类的基因最相似。

我是倭黑猩猩，猩猩一族中就属我和你们人类最像，基因相似度超过98%哟!

猩猩

猴子

● 猴子也分很多种，我们平时所说的猴子一般是指猕猴；

● 敏捷、灵活，走路时手脚并用；

● 有尾巴：帮助猴子在攀爬时保持平衡；

● 喜欢成群结队地生活。

告辞啦!

所 见

清·袁枚

牧童骑黄牛，
歌声振林樾。
意欲捕鸣蝉，
忽然闭口立。

译文: 牧童骑着黄牛，他的歌声在树林里回荡。他想要捕捉树上正在鸣叫的蝉，于是马上闭口停止歌唱，站在树旁等待时机。

牧 牧 牧 牧

mù tóng qí huáng niú
牧 童 骑 黄 牛

我是放牛郎。

牧童是干什么的呢？

牧童是指放牧的小孩，而放牧就是把驯养的动物放到野外吃草和活动，常见的有牧牛、牧马、牧羊三种。

在牧草生长的季节，牧童要负责把动物赶到牧草肥美的草地，它们还可以晒太阳做运动。动物变得更健康，就可以为人类做更多的贡献啦。

牧牛

38

要想马儿跑得快，
就得带我们去吃好吃的草。

牧马

嗨，你想来骑马吗？

牧羊

放牧羊群的人要保护羊群 不要走散或被别的动物吃掉，将它们安全地由一个牧草地转移到另一个牧草地，以满足羊群的食草需求。而这些羊，就会给人们提供更温暖的羊毛、更好喝的羊奶，以及更好吃的羊肉。大多数牧羊人都有一个好帮手：牧羊犬。

大家注意保持队形，大灰狼可能就在附近！

牧羊犬

有你在，
大灰狼不敢靠近啦！

39

这些动物是怎么唱歌的？

牧童的歌声响彻森林，你还听到了什么动物的歌声呢？学着模仿一下吧。

意欲捕鸣蝉
yì yù bǔ míng chán

他的声音好好听，
要不要过去打个招呼呢？

嘘，我要
静悄悄地过去！

蝉是靠什么发声的呢？

对面的女孩看过来，看过来呀看过来！

　　每当到了夏天，经过树林的时候，人们都会听到连绵不绝的蝉叫声。但是，蝉的声音可不是从嘴巴发出来的，而是从它腹部的发音器发出的。发音器像蒙上了一层鼓膜的大鼓，中间是空的，连着的鸣肌每秒能伸缩约 1 万次，带动鼓膜振动而发出声音并产生共鸣，所以蝉的鸣声特别响亮。

　　虽然所有蝉都有发音器，但雌蝉的发音器构造不完整，所以只有雄蝉才会发出声音并通过声音来吸引雌蝉的注意。

我可是天生的鼓手！

发音器

发音原理和鼓一样。

蝉的幼虫生活在土壤中，有一对很厉害的前足。它利用自己的口器刺吸植物根部的汁液，这样树梢有可能会枯死，树木就不能很好地生长了。

43

怎么样才能捕到蝉呢？

你是不是有过这样的体验，经过一棵树的时候，本来还在叫着的蝉，忽然一下子全部安静了下来；当你走远了，它们才重新叫起来。看来蝉是很警觉的，所以捕蝉时一定要悄悄地靠近，不然会把蝉吓走的。

捕蝉有很多方法，把面团或者胶水粘在竿子上，找到蝉，轻轻一碰就能把蝉粘住。还有一种方法，就是制作捕蝉袋。

让我们一起动手做做看吧！

44

准备工具

 粗细不同的铁丝

 零食包装袋

 竹竿

 剪刀

 双面胶

开始制作

1

把稍粗的铁丝弯成直径为 10-15cm 左右的圆圈，铁丝两端均留出 5cm 左右的铁丝头，用双面胶把圆圈包起来。

2

将零食袋子上边缘剪开。

3

把铁圈套在袋子上，翻折零食袋开口边缘，让其牢牢地粘在铁圈上。

4

将做好的套袋用细一些的铁丝固定在竹竿上，即用钳子、细铁丝将套袋上留出的粗铁丝端与竹竿固定好。一个捕蝉袋就完成啦。

寻隐者不遇

唐·贾岛

松下问童子，
言师采药去。
只在此山中，
云深不知处。

译文：松树下我向跟随隐士学习的童子询问他师傅的去向，童子回答说师傅采草药去了，就在这座山里，只是这山中云雾缭绕，不知道他的具体方位。

认一认
各种不同的常见松类树种

白皮松：花纹美丽，树姿优美，是优良的庭院树种。

油松：在很冷的地方也能生长，材质较硬，很耐磨损。

华山松：集中产于陕西的华山而得名，不耐寒或湿热。

红松：多数松树四季常青，但红松到了天气冷的时候叶子就全变红了，很是好看。

黑松：开花时，多数花粉随风飘散，可以种植在园林里，小株的也可以做盆景。

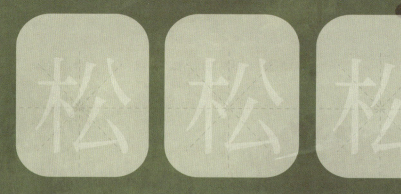

那圣诞树是用松树做的吗？

sōng

松　松　松　松

在找师傅的路上,你将收获以下四种草药。数一数,你各采摘到了几株,并记录在对应的横线上。

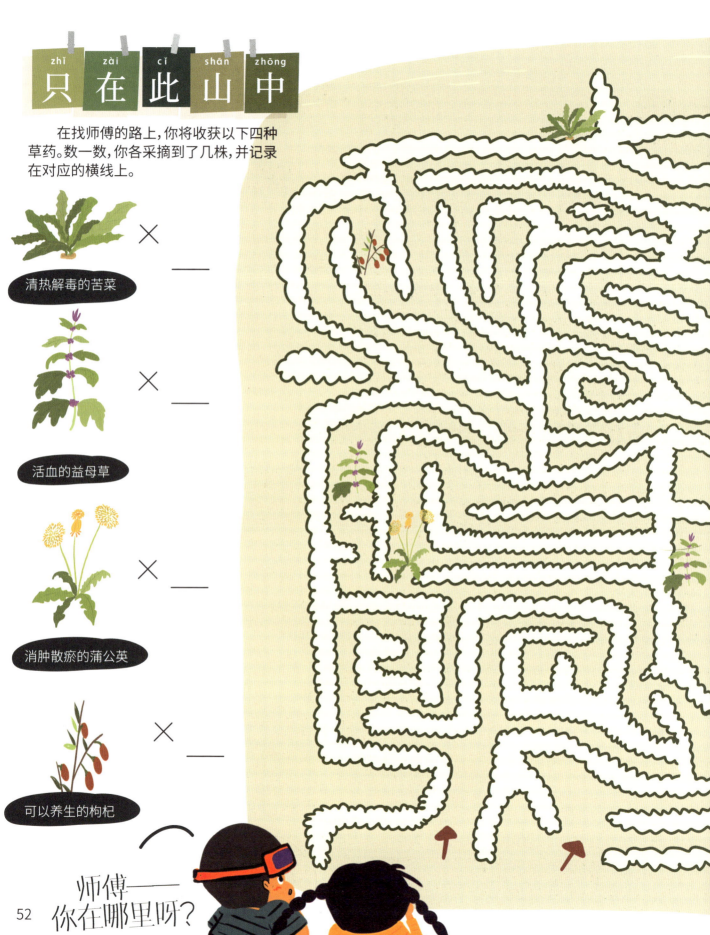

清热解毒的苦菜 × ___

活血的益母草 × ___

消肿散瘀的蒲公英 × ___

可以养生的枸杞 × ___

师傅——
你在哪里呀?

煎药过程

拿到中药

1. 浸泡。

　　煎煮中药前，应先用冷水将中药浸泡 1—2 小时（需要用醋、酒浸泡的药，则只要 20 分钟就可以了）。

2. 选择正确的器皿。

陶罐　　砂锅
铁锅　　铝锅

3. 煎煮。

　　水要没过药材表面 1—3 厘米。先用武火（即大火）煮沸药液后，改用文火（即小火）慢煎，同时将盖子留些缝隙，让蒸汽及时得到释放，药汤就不至于溢出。

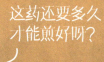

这药还要多久才能煎好呀？

　　配药不同，煎煮的时间也不同，要牢记医生的嘱咐。煎好后，倒出中药汤，凉一凉就可以服用了。

现在更常见的药是什么样的呢？

煎煮中药是我国比较传统的制药方式。而西药和中成药，则是现代医学的产物：看看这些药丸，小小一颗，外面还经常包裹了甜甜的糖衣来隔绝药的苦味，方便病人服用。

生病的时候要先去看医生，如果医生觉得你的病情需要吃药，那么不管是中药、西药还是中成药，都要乖乖按照医生处方里写的方式按时、按量吃药哟！

huà jī
画鸡

míng táng yín
明·唐寅

tóu shàng hóng guān bú yòng cái
头上红冠不用裁，
mǎn shēn xuě bái zǒu jiāng lái
满身雪白走将来。
píng shēng bù gǎn qīng yán yǔ
平生不敢轻言语，
yí jiào qiān mén wàn hù kāi
一叫千门万户开。

译文：公鸡头上红色的鸡冠是天生的，可不是人工裁剪出来的，你看它浑身披满雪白的羽毛走了过来。平时公鸡不敢轻易发出声音，但天亮时一鸣叫起来，千家万户都会打开门窗开始他们一天的工作和生活。

jī

鸡

鸡 鸡 鸡

关于鸡的小知识

① 鸡其实是鸟类。

② 和其他鸟类一样，
鸡也是由恐龙的一支进化而来的。

③ 鸡的野生祖先叫原鸡，是会飞的，
但在被人类驯化变成家鸡后，
飞行能力逐渐退化，
虽然还是能扑腾几下，
但再也飞不高了。

头上红冠不用裁

公鸡头上有又大又红的鸡冠。

我好帅啊！

哇！我长大也会那么帅吗？

每只鸡
都有鸡冠吗?

每只鸡都有鸡冠哟,
不过只有公鸡的鸡冠又大又漂亮。

母鸡的鸡冠都很小。

而且公鸡尾部还有很漂亮的长羽毛。

动物界有一个很有趣的现象:

通常是雄性长得好看些,
这样可以吸引到更多雌性的注意。

喔唷,帅啊!

数一数！
根据鸡冠和尾巴大小，
看看这里有几只公鸡，几只母鸡。

满身雪白走将来

满 身 雪 白 走 将 来 (mǎn shēn xuě bái zǒu jiāng lái)

我们经常用"雄赳赳，气昂昂"
来形容公鸡走路的样子，
那么公鸡是怎么走路的呢？

只有我最摇摆！

公鸡攻击性强，走起路来大摇大摆的，很有气势。
这样既有赶走其他公鸡的作用，也能吸引到
母鸡们的注意。

你知道吗？
鸡只有在慢走的时候头才会前后摆动，
快速跑起来的时候头是不会摆动的。

稳

公鸡的打鸣时间主要受体内生物钟控制，
不只是鸡，所有动物体内都有生物钟，
让身体按从白天到夜晚（由明到暗）
产生一个按时间循环的活动规律，
但不是所有动物都像公鸡这样一醒来就大声叫（打鸣）。

公鸡每日清晨打鸣，全年无休。
古时候没有闹钟，所以大家十分
依赖公鸡，它一叫，大家就知道
该起床开始新一天的生活啦！

每天被生硬聒噪的闹钟铃声吵醒也太不美好了，
尝试一下把自己变成家中最称职的"小公鸡"，
用你那好听的声音，
叫爸爸妈妈起床吧！

太阳出来啦！

差不多是时候行动了。

确认过时间……

轻轻地，不要吵到大家！

起床啦！

慢慢靠近。

你知道吗？

不是每只鸡蛋都能孵出小鸡的哟！

变质的"坏蛋"会"吃的

那些没有成功受精的蛋，
是孵不出小鸡的，最后只会变质坏掉。

小实验：

你能分辨哪些鸡蛋可以孵出小鸡吗？

① 拿一些被母鸡
孵过一段时间的蛋。

② 拿手电筒照一照。

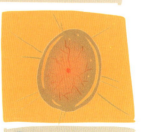

③ 看到点点线线了吗？

● 有点点线线的蛋就可以孵出小鸡，没有的话它就孵不出小鸡。

xiǎo chí
小 池

sòng yáng wàn lǐ
宋·杨万里

quán yǎn wú shēng xī xì liú
泉 眼 无 声 惜 细 流，

shù yīn zhào shuǐ ài qíng róu
树 阴 照 水 爱 晴 柔。

xiǎo hé cái lù jiān jiān jiǎo
小 荷 才 露 尖 尖 角，

zǎo yǒu qīng tíng lì shàng tóu
早 有 蜻 蜓 立 上 头。

译文：泉眼爱惜泉水，悄然无声地只肯流出一股细细的水流。树阴倒映在水中是因为喜爱这晴朗柔和的天气。小荷才从水里露出尖尖的一个角，蜻蜓就早早地站在了它的上面。

quán

泉

quán yǎn wú shēng xī xì liú

泉 眼 无 声 惜 细 流

　　泉水是涌出地表的地下水，通常都很干净清澈。泉水一路流淌，和别的水汇合成小溪，再汇入江河。

　　在这样水源充足、树木繁盛的地方很适合动物们生存。看一看，图中都有哪些生活在水源附近的动物呢？

我来看看
都有哪些朋友也住在这里!

我家河里的水原来是从
这泉眼里冒出来的呀!

又是晴朗的一天。

晒太阳最舒服了。

71

蜻蜓为什么会低飞呢？

　　下雨前空气湿度很大,潮湿的水气会把昆虫的翅膀沾湿,导致昆虫的身体变重;同时,气压变低,越到高空空气越稀薄,呼吸就也越困难,昆虫们为了生存下去,只好低飞。

　　蜻蜓也是昆虫,所以下雨前它也会低飞。除此之外,蜻蜓大多以小飞虫为食,雨前低飞也更容易捕捉到更多的食物。

我们不要打扰蜻蜓,它们是益虫,可以帮我们吃掉好多害虫呢!

蜻蜓有两只复眼：
　　复眼约由10000—
28000多只小眼组成，
它们的视力极好，而且
不用转头就可以向上、
向下、向前、向后看，还
能测速。

蜻蜓有三个单眼。

蜻蜓的翅痣：
　　可保持翅膀震
动的规律性，并可
防止因震颤而折伤
翅膀。

蜻蜓的前后翅膀：
　　蜻蜓的飞行能力很强，
每秒钟可达10米，依靠翅膀
的特殊结构，它既可突然
回转，又可直入云霄，有时
还能后退飞行。

蜻蜓的腹部。

蜻蜓的尾巴。

蜻蜓的足：
　　细而弱，上有钩
刺，可在空中飞行时
捕捉害虫。

蜻蜓为什么爱点水？

蜻蜓的卵需要在水里孵化，幼虫也在水里生活，所以蜻蜓点水实际上是在产卵。雌蜻蜓多数是在飞翔的过程中用尾部碰触水面的同时把黄色的卵排出。

妈妈，
我马上就要蜕皮羽化，
和你长得一样漂亮啦！

看看蜻蜓卵从哪条路走，才能顺利爬出水面变成蜻蜓。

蜻蜓的幼虫叫作水虿(chài)，生活在水中，用鳃呼吸。一般要经11次以上的蜕皮，耗时至少2年，幼虫才会沿水草爬出水面，结茧羽化成蜻蜓。

蜻蜓的仿生学

仿生学是人们研究生物体结构与功能的工作原理，并根据这些原理创造出适用于生产、学习和生活的先进技术和工具的一门科学。

你们干吗都学我？

你好厉害，不但可以向前向后飞行，还能上下左右自由翻飞，向你学习，我就变得更灵活了。

以前我一到高空就害怕得发抖，翅膀容易折断，掉到地上小命都要没了。你的翅膀那么薄，但有翅痣帮忙分散压力，飞得再高再快也不怕，向你学习就安全啦。

我叫竹蜻蜓，因为可以像蜻蜓一样直直地向上飞
而得名，以前的小朋友们可喜欢跟我玩啦！

一根吸管

一把剪刀

两张纸板
（10cm×2cm）

订书机

1.把吸管剪至10~12cm长。

2.将吸管沿中线剪开1.5cm。

3.插入两张纸板。

4.用订书机固定。

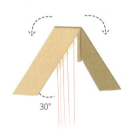
30°
5.将两张纸板分别向
外折，和吸管形成
30°的夹角。

6.最后双手一搓，
就可以起飞啦！

我来教你怎么
做竹蜻蜓！

望庐山瀑布
wàng lú shān pù bù

唐·李白
táng lǐ bái

日照香炉生紫烟，
rì zhào xiāng lú shēng zǐ yān

遥看瀑布挂前川。
yáo kàn pù bù guà qián chuān

飞流直下三千尺，
fēi liú zhí xià sān qiān chǐ

疑是银河落九天。
yí shì yín hé luò jiǔ tiān

译文：太阳照射下的香炉峰生出紫色的雾气，远远看过去，瀑布像白布似的挂在山前。水流从近三千尺高的山崖上垂直飞落，让人不禁怀疑这是银河从天上落了下来。

是太阳给了世界色彩？
可阳光明明是白色的呀！

准能帮我找到我的
七种颜色？

我们可以通过三棱镜来观察光的折射现象，阳光通过棱镜被分解成不同颜色的光波，人类肉眼可以看见的光叫可见光，它们由七种颜色组成，分别是：红、橙、黄、绿、青、蓝、紫。我们之所以能看到彩虹也是这个原理哟。

红，橙，黄，绿，青，蓝……
还差一个紫色！

黄

红

橙

绿

青

蓝

菠萝

柿子

橙子

苹果

青芒

蓝莓

zhào

照 照 照 照

天空中也有三棱镜？

天空中的每颗小水滴都像一个小小的三棱镜，阳光通过水滴被折射并分解成七种颜色的光波，也就形成了彩虹。所以刚下完雨的时候最容易见到彩虹。

葡萄为什么不是七彩的呢？

被阳光照到的葡萄吸收了除紫光以外的光波，只有紫光被反射出来，所以我们看到的葡萄是紫色的。

紫

我看到了紫色的葡萄。

来了，来了紫色的来了！

空气中的悬浮颗粒，体积很小很小，你甚至看不见它们，但却可以看到它们反射出来的光波。不同的悬浮颗粒会反射阳光中不同颜色的光波。

紫色的烟（云雾）是怎么形成的呢？

光波是有穿透性的，而空气中的悬浮颗粒的密度远小于固体的密度，所以光波会在缝隙间互相交叠。当反射红光的悬浮颗粒和反射蓝光的悬浮颗粒相遇时，它们所反射的光发生交叠，生成了紫色，使那一区域的云雾呈现出紫色。

我反射蓝色的光！

紫色

我反射红色的光！

你还见过什么颜色的天空？
看看它们是由什么颜色混合而成的。

实验工具：

红 黄 橙 绿 青 蓝 紫

七色的透明色片（玻璃纸）

因为光线是有穿透性的，而空气中悬浮颗粒的密度没有固体的密度大，所以颜色会互相穿透，使用透明玻璃纸可以模拟这一现象。

红 + 蓝 = 紫

当两种不同颜色的色片交叠时，第三个颜色就出现了。

黄 + 蓝 = ?

交叠后产生的新颜色是什么？
请在空白区涂上相应的颜色。

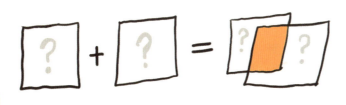

? + ? = ?

哪两个颜色交叠后会生成橙色呢？
请在空白区涂上相应的颜色。

不是啦！它们是用光波来画画！大自然用七个颜色就能画出那么多美丽的景色，好厉害！

空气中的悬浮颗粒在用光波当武器，不同颜色的光波射来射去，那就是颜色大战！

瀑布是怎么形成的呢？

瀑布的形成有很多原因，其中一个最常见的原因便是：**岩石类型的差异**

2.

河流从坚硬的岩石河床流向较松软的岩石河床，不停翻滚的水流很容易侵蚀岩石表面。久而久之，两种岩石河床连接处的落差越来越大。

啊！这里变得好陡，好刺激。

3.

河水流到连接处，便飞泻而下，强大的水压击碎河底表面的岩石，加速侵蚀，最终形成了瀑布。

爷爷的爷爷的爷爷说我们明年还要逆流而上游回去的！

回去？这么高，你要怎么上去？

很久很久以前……   现在

小朋友可以在飞流直下的瀑布里玩耍吗?

瀑布危险吗?来做个实验看看吧!

实验准备:

实验材料:两块嫩豆腐

实验人:啵妞,沛沛

实验地点:家

实验工具:笔记本,笔(做实验记录)

实验1:

水流高度对目标物体的影响

瀑布的水都是从很高很高的地方流下来的。高度会影响水的威力吗?

· 打开水龙头,放出少量的水。

· 拿着豆腐,放在水下。

结果

豆腐上只有一个小洞。

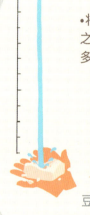

· 将豆腐移到较之前低很多很多的位置。

结果

豆腐被打碎了!

我知道了!瀑布那么高!我们离得太近会很危险!

结论

水流向下倾泻所产生的力会随高度增加而变大,对目标物体的伤害也变大。

可是刚才雨也是从很高的地方落到我身上，我怎么一点儿都不痛呢？

实验2：

水流大小对目标物体的影响

水滴团结起来的力量到底有多大呢？

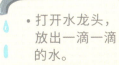

- 打开水龙头，放出一滴一滴的水。
- 拿着豆腐，放在水下。

结果

豆腐上只有一点水滴的痕迹。

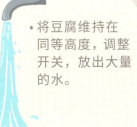

- 将豆腐维持在同等高度，调整开关，放出大量的水。

结果

豆腐被打碎了！

瀑布的水流那么大！很危险哟！

结论

当水滴结聚集在一起，就会形成很大很大的水流，水流越大所产生的冲击力就越大，对物体的伤害也越大。

如果遇到水管爆裂，大家要离远一点！水喷射所产生的力量有时候大得惊人哟！

天
tiān
九
jiǔ
落
luò
河
hé
银
yín
是
shì
疑
yí

瀑布从很高很高的地方流下来，
高到好像是来自宇宙中的银河一样！
如果真的有从银河飞落下来的瀑布，
会是什么样的呢？

请在下面空白的地方
画出你想象中，来自银河的漩涡星都有什么？

DOWEL（东幻）创作中心简介：

传统和文化的传承，从娃娃开始。

然而中国传统文化博大精深，如何让低龄段的
孩子也能真正理解并喜爱？

DOWEL创作中心的设立，就源于此。

我们认为怎么开始很重要：

要遵循孩子认知能力的发展规律，从他们的视角出发，
用与时俱进的呈现方式，
和孩子一起了解中国传统文化。

DOWEL 核心成员：
梁立峰　潘薇亦　王民瑜　郭骅　陈凯悦　刘筱锐